O príncipe e o mendigo

Mark Twain

adaptação de Guila Azevedo
ilustrações de Rogério Coelho

editora scipione

Gerência editorial
Sâmia Rios

Edição
Mauro Aristides

Edição de texto
José Paulo Brait

Assistência editorial
Camila Carletto

Roteiro de leitura
Thaís Bernardes Nogueira

Revisão
Claudia Virgilio
Viviane Teixeira Mendes e
Thiago Barbalho

Coordenação de arte
Maria do Céu Pires Passuello

Programação visual de capa e miolo
Aída Cassiano

Diagramação
Elen Coppini Camioto

editora scipione

Avenida das Nações Unidas, 7221
Pinheiros – São Paulo – SP
CEP 05425-902

ATENDIMENTO AO CLIENTE
Tel.: 4003-3061

www.scipione.com.br
e-mail: atendimento@scipione.com.br

2017

ISBN 978-85-262-8348-0 – AL

ISBN 978-85-262-8349-7 – PR

CAE: 262985 AL

Cód. do livro CL: 737981

2.ª EDIÇÃO
8.ª impressão

Impressão e acabamento
Bartira

Dados Internacionais de Catalogação na Publicação (CIP)
(Câmara Brasileira do Livro, SP, Brasil)

Azevedo, Guila

O príncipe e o mendigo / Mark Twain; adaptação de Guila Azevedo; ilustrações de Rogério Coelho. – São Paulo: Scipione, 2003. (Série Reencontro infantil)

1. Literatura infantojuvenil I. Twain, Mark, 1835-1910. II. Coelho, Rogério. III. Título. IV. Série.

03-1044 CDD-028.5

Índices para catálogo sistemático:
1. Literatura infantil 028.5
2. Literatura infantojuvenil 028.5

Sumário

O nascimento do príncipe e do mendigo

Num dia frio de outono, nasceram em Londres dois meninos. Um deles era o príncipe Eduardo, filho do rei Henrique VIII, que ficou muito feliz com o nascimento do herdeiro do trono.

O outro menino era Tom, filho de gente muito pobre. Ninguém comemorou o seu nascimento. Seria mais uma pessoa a ser sustentada pela família, e seu pai, John Canty, não gostou nada disso.

Alguns anos se passaram. Eduardo, o príncipe, vivia em um palácio cercado de luxo, enquanto Tom, o mendigo, morava em uma rua estreita e suja de Londres, em uma casa de madeira, muito fria e cheia de goteiras.

As irmãs de Tom – Nana e Bete – tinham quinze anos. Eram ingênuas e viviam sujas. A mãe vestia-se com trapos e tinha medo do marido, um homem mau, que roubava e obrigava os filhos a mendigar. A avó, mãe do pai, era igual ao filho: bebia muito, batia nos netos e nunca demonstrava carinho por eles.

Apesar de tudo isso, Tom não era infeliz, porque todas as pessoas que ele conhecia viviam desse jeito. Nas horas livres, buscava a companhia do padre André, que gostava muito de crianças e lhes contava muitas histórias de gigantes, fadas, anões, reis e príncipes. Quando se deitava para dormir, com a barriga roncando, Tom soltava a imaginação e viajava para algum castelo distante, esquecendo rapidamente a fome e o cansaço.

Com o padre André, Tom aprendeu a ler. Encantado com os livros que lia, ele desejava ser como os príncipes das histórias. Na hora de brincar, organizava uma corte de mentirinha: ele era o príncipe e os meninos de sua rua, os seus súditos. Era uma brincadeira divertida, que fazia crescer nele a vontade de conhecer um príncipe de verdade.

O encontro

Certo dia, Tom acordou com fome e frio e saiu vagando pelas ruas, sem saber aonde ir. Depois de andar por algum tempo, chegou a um bairro de casas muito bonitas e, logo em seguida, avistou o palácio real.

Aproximou-se, encostou o rosto nas grades e teve uma enorme surpresa. Nos jardins do palácio, viu um menino vestido com lindas roupas de seda. Tom não acreditou que estava vendo um príncipe. Um príncipe de verdade!

Naquele momento, um dos guardas o agarrou pela gola do casaco e o jogou por cima da multidão, berrando:

– Você não pode ficar aí, moleque!

O povo todo riu, mas o príncipe, que também tinha ouvido o guarda, correu para o portão e gritou:

– Como ousa tratar assim esse pobre menino? Abra os portões e deixe-o entrar.

Os soldados correram e, antes que Tom pudesse entender o que estava acontecendo, levaram-no para os jardins do palácio.

– Você parece muito cansado – disse o príncipe quando Tom se aproximou. – Vamos entrar.

Ele seguiu o príncipe ainda sem acreditar no que estava acontecendo.

Os dois meninos foram até uma das salas e Eduardo mandou que trouxessem comida e bebida para Tom.

Enquanto esperavam, o príncipe perguntou:

– Qual é o seu nome?

– Tom Canty, às suas ordens, Alteza.

– Onde você mora?

– Em Offal Court.

– Que nome estranho... Você tem pais? – quis saber Eduardo.

– Tenho pai, mãe, duas irmãs gêmeas e uma avó que é uma peste.

– Por que fala assim de sua avó? Ela não é boa para você? – o príncipe perguntou, espantado.

– Nem para mim nem para ninguém. Ela é muito má.

– E seu pai, é um bom homem? – quis saber o príncipe.

– Meu pai é tão ruim quanto a mãe dele. Os dois batem muito em mim e nas minhas irmãs e ofendem a minha mãe.

Nesse momento, a comida chegou e Tom se pôs a comer. Nunca tinha visto tanta comida, tão variada e gostosa.

O príncipe quis saber se Tom estudava, e ele contou sobre o padre André, como tinha aprendido a ler e os livros de que mais gostava. Falou também sobre seu sonho de conhecer um príncipe e de, um dia, vir a ser um.

Então, Eduardo teve uma ideia.

– Que tal se trocássemos de roupa, só para ver como ficamos? Assim você poderá se sentir um príncipe de verdade.

Minutos depois, Eduardo vestia os trapos de Tom, e este estava todo vistoso com as roupas da realeza. Os dois foram para a frente de um grande espelho e, para surpresa de ambos, parecia não ter havido nenhuma troca. Depois de alguns minutos, o príncipe disse:

– Você tem o mesmo cabelo, os mesmos olhos, a mesma altura e a mesma expressão que eu. Até a sua voz é igual à minha.

Enquanto falava e examinava seu novo amigo, o príncipe reparou num machucado no braço de Tom.

– Quem fez isso? – perguntou.

– Isso não é nada. Foi o guarda, na hora que encostei nos portões. Mas não está doendo.

– Nenhum guarda pode humilhar um súdito de meu pai – disse o príncipe. Guardou um objeto que tinha nas mãos e saiu da sala, deixando Tom sozinho.

O início dos problemas

Ao sair, o príncipe esqueceu que estava vestido com os trapos de Tom. Seguiu até o portão principal e gritou:

– Abram os portões!

O mesmo guarda que tinha maltratado Tom abriu o portão e, assim que Eduardo passou, deu-lhe um pontapé e disse:

– Isso paga o que você me fez passar na frente do príncipe.

O menino se viu fora do palácio, rodeado por uma multidão que ria da cena. Ele bem que tentou dizer que era o príncipe, mas a semelhança com o mendigo que havia entrado no palácio era tanta que ninguém acreditou.

Eduardo começou a perambular pelas ruas de Londres. Algumas ele havia visto da janela da carruagem quando ia a algum outro palácio, mas a maioria delas ele não conhecia.

Em uma das ruas, ele se juntou a uma porção de garotos que estavam correndo, jogando bola e fazendo brincadeiras. Depois de um tempo, falou:

– Meninos, digam ao seu chefe que Eduardo, o Príncipe de Gales, deseja lhe falar.

Só então os garotos prestaram atenção no garoto maltrapilho que havia se juntado a eles.

– Você então é mensageiro do rei, mendigo? – perguntou um dos meninos, rindo.

Eduardo ficou vermelho de raiva e disse:

– Não sou o mensageiro! Sou Eduardo, filho do rei! Sou o Príncipe de Gales!

– Deve ser mesmo – riram todos.

O príncipe, vermelho de raiva, deu um pontapé em um dos meninos.

As risadas pararam e todos avançaram em sua direção. Ele apanhou até todos se cansarem e o abandonarem.

Desanimado, ferido e com fome, foi se arrastando pelas ruas, tentando encontrar um lugar tranquilo para descansar. De repente, um brutamontes agarrou-o pelo colarinho e berrou:

– Na rua até agora? Aposto que não ganhou nenhum dinheiro!

Eduardo não entendeu nada. Quem seria aquele homem? De que dinheiro estava falando? Por que estava gritando?

Antes que pudesse perguntar qualquer coisa, o homem o puxou e o levou para casa.

No palácio

Enquanto esperava Eduardo voltar, Tom ficou se admirando no espelho. Finalmente seu sonho havia se realizado: ele estava vestido como um príncipe!

Mas o tempo foi passando e ele ficou preocupado. O que devia fazer? E se alguém entrasse e o visse com aquelas roupas? Como ele ia explicar o que havia acontecido?

Enquanto pensava, um criado abriu a porta e anunciou:

– *Lady* Jane Grey.

Era a prima do príncipe Eduardo, uma linda menina que entrou e foi ao encontro de Tom, que a olhava assustado.

– O que o senhor tem, milorde?

Tom mal conseguia respirar e, gaguejando, respondeu:

– Por favor, não sou nenhum lorde. Quero ver o príncipe!

Lady Jane olhou para ele horrorizada.

– O que está acontecendo, milorde? Perdeu a memória? – a menina saiu correndo, deixando Tom sozinho e desesperado.

A notícia logo se espalhou pelo palácio.

– O príncipe enlouqueceu. Não se lembra mais de quem é – cochichavam todos.

Então, um oficial declarou:

– Parem já com esse falatório.

Em seguida, todos viram o príncipe caminhando devagar, tentando retribuir as reverências que lhe eram feitas. Atrás dele vinham lorde Hertford, tio de Eduardo, lorde St. John, os médicos da corte e alguns criados.

Depois de alguns minutos, o menino estava em um grande salão.

À sua frente, estava sentado o rei Henrique VIII, pai de Eduardo. Ele sorriu para Tom e disse:

– O que é isso, meu filho? Que brincadeira é essa com seu pai, de dizer que não é o príncipe?

Tom caiu de joelhos e exclamou:

– O senhor é mesmo o rei? Então estou perdido!

O rei, chocado, olhou para todos que estavam no salão e depois voltou a olhar para o menino ajoelhado.

– Então é verdade! Você não se lembra mesmo de que é o príncipe!

Depois, com uma voz mais carinhosa, disse:

– Venha, meu filho, fique perto de mim. Você não está bem.

Com a ajuda de algumas das pessoas, Tom aproximou-se de Henrique VIII.

– Você me reconhece, não é? – perguntou o rei, carinhosamente.

– Sim... – gaguejou Tom. – O senhor é meu senhor, o rei.

– Está bem – disse. – Não tenha medo. Aqui todos o amam. Você está melhor, não está?

– Por favor – disse Tom, aflito. – Acredite em mim. Eu sou um mendigo e estou aqui por acaso. Não me castigue.

O rei olhou para ele preocupado.

– Posso ir agora? – perguntou Tom.

– Pode, meu filho, mas por que não fica mais um pouco?

– Eu queria procurar minha família – respondeu. – Por favor, deixe-me ir embora.

O rei ficou calado por algum tempo. Depois, decidiu fazer um teste. Fez uma pergunta em latim. Tom, que sabia algumas frases que o padre André tinha lhe ensinado, respondeu com alguns erros, mas mesmo assim Henrique VIII ficou contente.

– Parece que o cérebro dele não foi afetado. Ele não esqueceu o latim, apesar de cometer alguns erros. O que o senhor acha, doutor? – o rei dirigiu-se ao médico da corte.

– Vossa Majestade está certo – respondeu o médico.

O rei voltou-se para os presentes e disse:

– O príncipe está louco, mas é meu filho e herdeiro do trono. Aquele que comentar o fato será enforcado.

Voltou-se para Tom e disse:

– Dê-me um beijo e vá brincar. Preciso descansar.

O menino saiu triste. O sonho de ser príncipe transformou-se em um pesadelo.

A triste vida do falso príncipe

Tom passou a viver no palácio e era tratado como príncipe. Todos receberam ordens de tratá-lo normalmente, como se nada tivesse acontecido.

Ele, por sua vez, também foi orientado por lorde Hertford e lorde St. John a agir naturalmente e não demonstrar que sua memória estava ruim.

Quando Tom convidou os que o acompanhavam a se sentar, todos recusaram e ele não entendeu por quê. Lorde Hertford explicou que ninguém poderia sentar-se na presença do príncipe.

Quando a princesa Elizabeth e *lady* Jane foram visitá-lo, Tom se mostrou gentil. Conversaram e ele comentou que ia parar de estudar por um tempo.

– Que pena! – exclamou *lady* Jane. – Você estava indo tão bem!

Mas não tem importância, pois ainda vai retomar os estudos e falar tão bem quanto seu pai.

– Meu pai! – gritou Tom, descontrolado. – Quando ele fala, só os porcos entendem o que quer dizer...

Nesse momento, o menino olhou para lorde Hertford e reparou que este tinha um olhar assustado. Parou no meio da frase, respirou fundo e disse:

– Ah, a doença voltou a me atormentar. Não tive a intenção de ofender Sua Majestade.

– Nós sabemos, senhor – disse a princesa Elizabeth.

O tempo foi passando e um dia o falso príncipe teve de participar de um banquete real. Havia muitos alimentos que ele nem conhecia. Examinou com muita atenção os nabos e a alface e perguntou se serviam para comer. Como fazia pouco tempo que essas hortaliças eram cultivadas na Inglaterra, só os ricos as conheciam.

Todos respondiam às suas perguntas com respeito e tentavam disfarçar a surpresa diante das falhas de memória do príncipe. Mas todos estavam preocupados, porque o rei estava doente e o seu herdeiro apresentava um comportamento muito esquisito. O que seria da Inglaterra?

Muito trabalho

A vida de Eduardo, o príncipe verdadeiro, também não estava sendo nada fácil.

Quando o deixamos, John Canty, pai de Tom, o arrastava para Offal Court. O príncipe tentou se livrar, mas o homem era forte, estava muito irritado e, perdendo a paciência, deu com a bengala na cabeça de Eduardo. Um homem tentou defender o garoto, mas também foi agredido e caiu na rua.

Quando o príncipe chegou à casa de Tom, mal conseguiu enxergar duas jovens maltrapilhas e uma mulher, agachadas em um dos cantos do cômodo. De outro canto escuro, apareceu uma velha, que tinha um olhar assustador.

– Veja lá se não vai estragar a festa – disse John Canty, furioso. – Venha cá, rapazinho, repita para sua avó a história que me contou. Você é o príncipe, não é? Como é o seu nome mesmo?

Eduardo estava tremendo de raiva.

– É muito atrevimento falar comigo desse modo! – disse o príncipe. – Mas vou repetir: sou Eduardo, o Príncipe de Gales!

A velha ficou perplexa, John Canty caiu na gargalhada e a mãe de Tom, com medo dos maus-tratos que o garoto ia sofrer, correu até ele e disse:

– Meu filho querido, aquelas leituras acabaram afetando a sua cabeça. Por que você não desgrudava dos livros quando eu pedia?

Eduardo olhou para a mulher com carinho e disse:

– Tom está bem e não perdeu o juízo. Deixe-me ir até o palácio real para falar com meu pai e ele logo devolverá o seu filho.

– Não fale assim, querido. Não continue com essas ideias – falou a mulher, abraçando o príncipe.

– Sinto decepcioná-la, senhora, mas nunca a vi antes.

A mulher, chorando, voltou a sentar-se em um dos cantos do cômodo.

O pai virou-se para Eduardo e disse:

– Mostre-me quanto dinheiro conseguiu. Amanhã, teremos de pagar o aluguel ou estaremos na rua. Dê-me o que ganhou, preguiçoso.

O príncipe insistiu:

– Não fale assim comigo. Sou o filho do rei.

Mal terminou de dizer a frase, um soco atingiu seu rosto, jogando-o nos braços da mãe de Tom, que se levantou e se colocou na frente do príncipe para defendê-lo.

Não adiantou muito. O brutamontes continuou a bater e, depois de algum tempo, gritou:

– Agora, todos para a cama!

A família foi dormir.

A mãe de Tom não conseguia deixar de pensar que talvez aquele garoto não fosse mesmo o seu filho.

Então, teve uma ideia. Toda vez que levava um susto, Tom costumava cobrir o rosto com as mãos, sempre com as palmas viradas para fora.

Pé ante pé, ela foi até o canto onde Eduardo dormia, iluminou seu rosto e bateu com a palma da mão no chão. O menino deu um pulo, sentou-se, arregalou os olhos, mas não fez nenhum movimento com as mãos.

A pobre mulher não sabia o que pensar. Tentou mais uma vez e mais outra. Em nenhuma delas o menino levou as mãos ao rosto. Ela decidiu voltar para a cama e tentar dormir.

Quase ao amanhecer, alguém bateu na porta dos Canty.

– Quem é? O que quer? – berrou John.

Uma voz respondeu:

– Sabe em quem você bateu ontem com a bengala?

– Não sei nem quero saber – respondeu John Canty, que mal se lembrava de que tinha agredido o homem que havia tentado defender Eduardo.

– Mas é bom que saiba, porque, para salvar a sua pele, vai ter de fugir. Você matou o padre André.

John Canty não perdeu tempo. Acordou toda a família, ordenou que fugissem e marcou encontro com eles na ponte de Londres.

Havia muita gente na rua e Eduardo percebeu que aquela oportunidade era perfeita para escapar das garras de John Canty. Enquanto este discutia com um homem que não o deixava passar, o príncipe aproveitou para fugir no meio da multidão.

O novo rei

A multidão que tomava conta das ruas acompanhava um cortejo de cerca de quarenta barcos de luxo, que estavam muito enfeitados.

Em um deles estava o falso príncipe, que era saudado pelo povo com gritos e fogos de artifício.

De repente, ouviram-se as trombetas e o aviso:

– Abram caminho para o grande e glorioso Eduardo, Príncipe de Gales.

Ao chegar próximo à prefeitura de Londres, o barco real foi rebocado e Tom desembarcou com seus acompanhantes.

Enquanto o falso príncipe era recebido pelo prefeito de Londres, Eduardo tentava chegar à prefeitura e denunciar Tom.

O pequeno maltrapilho proclamava seus direitos e dificuldades aos berros. As pessoas que estavam por perto se divertiam ao ver um mendigo gritar que era o Príncipe de Gales.

De repente, um homem dirigiu-se a ele:

– Se você é príncipe ou não, pouco me importa. Sou Miles Hendon. Estou aqui para ajudá-lo.

O homem era alto e forte. Usava uma roupa puída, mas via-se que o tecido era de qualidade. Na cintura, trazia uma longa espada.

A multidão começou a provocar Eduardo e alguém o agarrou. Mas a longa espada de Miles Hendon fez o desconhecido cair no chão no mesmo instante.

De repente, ouviu-se uma voz:

– Abram caminho para o mensageiro do rei!

Uma tropa de cavalos passou, dirigindo-se à prefeitura.

Na prefeitura, uma corneta soou bem forte.

Fez-se um silêncio profundo e o mensageiro palaciano anunciou:

– O rei está morto!

Todos ficaram em silêncio durante alguns minutos. Depois, ajoelharam-se, estenderam as mãos para Tom e gritaram:

– Viva o novo rei!

O pobre menino olhava tudo aquilo assustado. Sussurrou no ouvido de lorde Hertford:

– Responda-me sinceramente. Se eu desse uma ordem agora, que só o rei teria o direito de dar, ela seria obedecida sem que ninguém ousasse me contrariar?

– Vossa Majestade é o rei e sua palavra é a lei.

Então, Tom disse em voz clara:

– De hoje em diante, a lei real será a lei da misericórdia, e nunca mais a lei do sangue!

Lorde Hertford saiu e então ouviu-se um grito:

– Viva Eduardo, rei da Inglaterra!

O príncipe e seu protetor

Enquanto a morte de Henrique VIII era anunciada, o verdadeiro novo rei afastava-se da multidão com seu protetor, Miles Hendon. Chegaram à ponte de Londres, onde outra multidão se concentrava. Miles segurava com força a mão do menino.

A notícia da morte de Henrique VIII gelou o coração do pequeno infeliz e o fez estremecer. As lágrimas transbordaram de seus olhos e, por um instante, sentiu-se a pessoa mais desprotegida de todo o mundo.

Pouco depois, um grito sacudiu a noite:

– Viva o rei Eduardo VI!

Ao ouvir isso, os olhos do verdadeiro Eduardo se iluminaram e ele estremeceu de orgulho:

"Que coisa estranha! Agora EU SOU O REI!", pensou.

O menino e seu protetor continuaram andando. A ponte parecia uma rua movimentada. Havia hospedarias, bares, confeitarias e algumas lojas. Miles morava em um quarto alugado e era para lá que levava Eduardo. Quando chegaram, uma voz áspera disse:

– Até que enfim você apareceu! Vou moer seus ossos até que virem pudim. Aí, quem sabe, você aprenda alguma coisa!

Era John Canty, que esticou as mãos para agarrar Eduardo.

– O que o menino tem a ver com você? – perguntou Miles Hendon, colocando-se entre John Canty e o príncipe.

– Não se meta na vida dos outros – respondeu John. – Se quer mesmo saber, ele é meu filho.

– É mentira! – gritou o pequeno rei, enfurecido.

– Se este valentão é seu pai ou não, pouco importa. Ele não vai pegá-lo. Tenho certeza de que você prefere ficar comigo.

– É, prefiro, prefiro – disse o menino com firmeza.

– Veremos – disse John, muito bravo. – Ele vai à força.

– Se tocar nele, seu brutamontes, vou espetar você sem piedade. Já salvei este menino uma vez e não vou deixá-lo ir embora com um bruto como você. É melhor ir andando, porque não sou homem de muita paciência.

Miles encomendou uma refeição e subiu com Eduardo os três lances de escada até seu quarto.

O menino estava cansado e com fome. Deitou-se na única cama que havia no quarto e disse:

– Por favor, me chame quando a mesa estiver posta.

Depois, fechou os olhos e adormeceu.

Miles observou o menino que estava hospedando. Apesar de maltrapilho, ele tinha um jeito de falar típico dos nobres.

Pouco depois, um criado trouxe a refeição e saiu batendo a porta.

Eduardo acordou e olhou à sua volta. Logo se lembrou de onde estava.

– Ai de mim, era só um sonho, pobre de mim!

Em seguida, levantou-se e foi se lavar. Miles disse, animado:

– Vamos ter um belo jantarzinho. Está tudo quente e gostoso.

O menino olhou firme para ele e não respondeu.

– Está faltando alguma coisa? – perguntou Miles.

– Bem, senhor, eu gostaria de me lavar.

– Ora, não precisa me pedir licença para tomar um banho.

Eduardo continuava parado.

– O que é agora? – perguntou o homem, sem entender nada.

– Por favor, prepare a água quente e pare de falar tanto!

– Isso é incrível! – disse Miles para si mesmo, contendo uma gargalhada. – Ele pensa mesmo que é príncipe.

O menino sentou-se para comer, e seu amigo puxou uma cadeira para sentar-se também.

– Cuidado! Você ousaria sentar-se na presença do rei? – Eduardo o interrompeu, indignado.

"Coitado, sua doença é grave mesmo. Agora que soube que Henrique VIII morreu, ele pensa que é o novo rei. Melhor fingir que acredito", pensou Miles.

Divertindo-se com a brincadeira, ele tirou a cadeira da mesa e colocou-se de pé, atrás da cadeira do rei.

– Fale-me de você – pediu o menino.

– Sou um nobre de pequena grandeza. Meu pai, *sir* Richard Hendon, é um dos lordes menores na ordem dos cavaleiros.

– Já ouvi esse nome antes – disse Eduardo. – Continue.

– Meu pai é muito rico e generoso. Minha mãe morreu quando eu era pequeno. Tenho dois irmãos. Arthur, o mais velho, é parecido com meu pai. Hugh, mais novo do que eu, é mesquinho e traiçoeiro. Há ainda uma prima, Edith, que é bonita e gentil. Eu a amava e era correspondido. Porém, ela estava prometida a Arthur.

Eduardo estava encantado com a história.

– E por que você não insistiu em ficar com ela? – quis saber.

– Arthur não amava Edith. Estava apaixonado por outra moça. Hugh queria o dinheiro de Edith e era o filho preferido de meu pai. Arthur não tinha boa saúde, e Hugh queria me tirar de seu caminho. Então, convenceu meu pai de que eu pretendia raptar Edith e desafiar a sua autoridade. Meu pai expulsou-me de casa. Entrei para o exército, participei de várias batalhas e consegui voltar há pouco tempo, quase sem dinheiro. Não é uma história bonita.

– Você foi injustiçado! – disse o pequeno rei com os olhos brilhando. – Mas vou recompensá-lo, eu juro! É a palavra do rei!

Inspirado pela história de Miles, Eduardo contou a sua história e todo o sofrimento pelo qual havia passado.

Quando terminou, Miles pensou:

"Nossa, que imaginação este menino tem! Enquanto eu viver, ele estará protegido."

Eduardo então continuou:

– Você salvou a minha vida e a Coroa. Diga o que deseja e, dentro das possibilidades do rei, lhe será concedido.

Miles pediu alguns minutos para pensar. Depois, ajoelhou-se diante de Eduardo e, com voz séria, disse:

– Meus serviços não merecem nada de especial em troca. Mas, como Vossa Majestade acredita que mereço uma recompensa, peço-lhe que eu e meus herdeiros possamos sempre nos sentar na presença do rei da Inglaterra.

– Levante-se, *sir* Miles Hendon, cavalheiro – disse o rei muito sério, fazendo um sinal com a espada de Miles. – Levante-se e sente-se. Seu pedido foi concedido. Enquanto existir um rei na Inglaterra, este privilégio será mantido.

Miles, então, sentou-se, pensando que havia tido uma ótima ideia. Afinal, suas pernas estavam doendo de tanto ficar em pé.

Quando a noite veio, Eduardo deitou-se na cama e ordenou a Miles que dormisse perto da porta, para ficar de guarda.

No dia seguinte, o homem saiu para comprar roupas novas para o menino. Dava pena ver os trapos do pobrezinho.

Assim que ele saiu, um criado entrou no quarto, acordou Eduardo e disse-lhe:

– O senhor Miles mandou-me buscá-lo. Apresse-se.

O menino do chicote

Enquanto Eduardo deixava o quarto de Miles, Tom acordava no palácio como o novo rei da Inglaterra.

Os camareiros ajudaram-no a se vestir e ele se dirigiu à sala do trono. Seu tio, lorde Hertford, colocou-se a seu lado para ajudá-lo nas decisões que teria de tomar.

Um secretário começou a ler os relatórios. Havia muitos números e Tom não entendia nada do que lhe era apresentado.

Por fim, com um grande suspiro, ele pensou:

“Por que me tiraram do ar livre e me prenderam aqui, transformando-me em rei? Que mal eu fiz para merecer isso?”

Ainda refletindo sobre isso, adormeceu e a reunião teve de ser suspensa.

À tarde, os guardas trouxeram um menino que, assustado, se ajoelhou diante dele.

– Levante-se. Quem é você?

– Vossa Majestade não se lembra? Sou o menino do chicote.

– Menino do chicote?

– Sim. Meu nome é Humphrey Marlow.

Tom não sabia quem era o garoto e o que queria dizer com "menino do chicote". Depois de alguns minutos, disse:

– Ah! Parece que estou me lembrando. O que você tem para me dizer?

– Não é nada importante. Há três dias, quando Vossa Majestade cometeu três erros na aula de grego... Lembra-se?

– Claro que me lembro – respondeu Tom, sem se lembrar.

– Então, o professor ficou bravo e disse que ia me chicotear.

– Mas por que ele chicotearia você, se fui eu quem cometeu os erros?

– Ele sempre me chicoteia quando Vossa Majestade comete erros nas lições. Ninguém pode tocar em Vossa Majestade. Esse é meu emprego. Ser chicoteado quando Vossa Majestade erra.

– E você já apanhou muitas vezes?

– Não, meu rei, e é por isso que estou aqui, para pedir...

– Claro – disse Tom, sem esperar que o garoto terminasse a frase. – Você não será mais chicoteado. Não tenha medo.

– Mas, Majestade, eu quero justamente o contrário. Não posso perder o meu emprego. Preciso cuidar das minhas irmãs.

Tom estava impressionado. Então, decidiu:

– Você e seus descendentes terão trabalho garantido para sempre.

Tom teve uma ideia. O menino do chicote poderia ajudá-lo. Pediu a ele que lhe contasse os últimos acontecimentos ocorridos no palácio. Humphrey contou-lhe sobre as pessoas e relatou alguns fatos. Uma hora depois, Tom já possuía informações importantes sobre os assuntos reais.

Nos dias seguintes, o falso rei não deixava de passar algum tempo com Humphrey para aprender mais sobre a vida no palácio.

Fou-Fou I

Quando voltou à hospedaria, Miles não encontrou Eduardo. Ficou preocupado e foi falar com o criado.

Este contou que um homem havia ordenado que ele levasse o menino até um bosque. Disse que era seu pai.

Miles Hendon logo lembrou de John Canty e pensou no perigo que Eduardo corria. Ele sabia da esperteza do menino, mas ainda assim era bom procurá-lo.

Eduardo e o criado da hospedaria chegaram a um bosque nos arredores da cidade. Um mendigo que os seguia aproximou-se.

– Quem é você? – perguntou o garoto, desconfiado.

– Não reconhece seu pai? – disse John Canty.

– Você não é meu pai! Onde está Miles? Quero vê-lo imediatamente.

– Você continua louco. Pare de me provocar e diga onde estão suas irmãs.

Aborrecido, Eduardo respondeu:

– Minha irmã Elizabeth está no palácio, onde eu também deveria estar.

John Canty foi cochichar com o criado, e o menino, exausto, deitou-se em uma cabana que havia por perto e adormeceu.

Depois de muito tempo, ele acordou com risadas e vozes. Lá fora, viu uma fogueira e um grupo de mendigos que acabavam de comer e bebiam de um enorme garrafão. Alguém gritou:

– Cantem uma canção!

Alguém começou a cantar e, no final de cada estrofe, o grupo acompanhava. Aos poucos, todos cantavam em altos brados.

Mais tarde, cada um foi contando suas dificuldades.

– Eu fugi do meu senhor – disse um dos mendigos. – Se me encontrarem, serei enforcado.

– Isso não vai acontecer! A partir de hoje, essa lei não existe mais – disse uma voz que se aproximava do grupo.

Todos olharam surpresos. O que parecia ser o chefe do grupo perguntou, dirigindo-se a todos:

– Quem é ele? – Depois, virou-se para Eduardo e perguntou: – Quem é você?

– Sou Eduardo, rei da Inglaterra! – respondeu o menino.

Todos começaram a rir e Eduardo ficou muito bravo.

– Seus vagabundos! É assim que agradecem pelo que acabo de prometer? – disse o jovem rei.

Mais risadas e gritos. Finalmente, John Canty conseguiu que prestassem atenção nele:

– Ele é meu filho e está completamente louco. Não prestem atenção ao que diz. Tem mania de achar que é o rei da Inglaterra.

– Mas eu sou o rei – disse Eduardo, muito sério. – Você matou uma pessoa e será condenado à forca.

O chefe do grupo disse ao menino:

– Se você quer ser rei, seja. Estou falando a verdade. Companheiros, todos juntos: Viva Eduardo, rei da Inglaterra!

O rosto do menino iluminou-se de felicidade.

– Obrigado, meu povo – disse, inclinando a cabeça.

Todos riram, mas o chefe continuou:

– Tome cuidado, essa brincadeira pode ter más consequências. Talvez seja bom você mudar de nome.

– Que tal Fou-Fou I, rei dos lunáticos? – perguntou um mendigo, provocando novos gritos e risadas.

Todos rodearam o menino, rindo e falando com ar de gozação.

O rei começou a chorar. Estava com raiva e vergonha e sentia-se muito só.

Eduardo consegue escapar

Na manhã seguinte, quando pegaram a estrada, o chefe dos mendigos pediu a Hugo (não confundir com o nobre Hugh Hendon) que cuidasse de Fou-Fou I. Deu ordens a John Canty para não aborrecer o menino.

Depois de algum tempo, chegaram a uma aldeia e espalharam-se. Hugo disse a Eduardo:

– Nesta aldeia não há o que roubar. Por isso, vamos pedir esmolas.

– Eu não vou pedir esmolas – respondeu o menino.

– Não quer pedir esmolas? – perguntou o rapaz, espantado. – Então você vai ser a isca para que eu as receba.

Nesse momento, um homem se aproximava. Hugo jogou-se no chão e começou a gemer.

– Coitado! – disse o homem. – Como está sofrendo! Precisa de ajuda?

– Preciso de dinheiro para os remédios – disse o rapaz, gemendo. – Pergunte ao meu irmãozinho o quanto estou sofrendo.

– Não sou seu irmão! – disse Eduardo para o homem. – Ele é mendigo e ladrão. Enquanto o senhor se distraía tentando ajudá-lo, ele tirou dinheiro de seu bolso.

Hugo não esperou para ver a reação do homem. Fugiu, enquanto a vítima corria atrás dele, gritando:

– Pega ladrão! Pega ladrão!

Eduardo também tratou de fugir, mas na direção oposta.

Andou até cair a noite. Tinha medo de que viessem atrás dele. Além disso, cada vez que se sentava para descansar, sentia frio.

De repente, viu uma luz, não muito longe dali. Foi naquela direção e, quando chegou perto, viu um estábulo. Ficou parado, tentando ouvir algum som. Nada. O frio aumentava, e a porta aberta era muito convidativa. Decidiu entrar.

Assim que passou pela porta, ouviu algumas vozes e decidiu esconder-se. Dois rapazes entraram, um deles segurando uma lanterna.

Enquanto eles trabalhavam, Eduardo teve tempo de observar o lugar. Quando os rapazes terminaram o serviço e saíram, Eduardo deixou o seu esconderijo, forrou o chão com uma das mantas que tinha visto por lá, deitou-se e cobriu-se com a outra. Adormeceu imediatamente, apesar da fome e do frio.

Acordou com a sensação de que alguém estava mexendo nele. Paralisado de medo, prestou atenção. O silêncio era total. Já ia adormecendo outra vez quando sentiu de novo o misterioso toque. Tinha medo de fugir e, além do mais, nem tinha para onde ir. Na terceira vez, decidiu agarrar a coisa. Sua mão tocou em uma coisa quente, macia e peluda. Ele sentiu medo. Como a coisa não o atacou nem mordeu, ele deixou a mão deslizar até chegar ao corpo de um bezerro.

Eduardo ficou feliz com sua nova companhia, sentindo-se mais seguro e protegido.

De manhã, acordou com as vozes de duas meninas. Elas fizeram uma porção de perguntas e depois o levaram até a casa, para que comesse algo. A mãe delas serviu-lhe um delicioso café da manhã. Quando estava acabando de comer, ele viu John Canty e Hugo, que se aproximavam da casa.

Eduardo aproveitou a distração das meninas e saiu pela porta dos fundos. Pulou a cerca e correu em direção à floresta.

Uma nova perseguição

Andar na floresta sozinho não era nada agradável, e Eduardo sentiu medo. Andou até que o dia começou a escurecer.

Viu uma luz ao longe e ficou feliz. Aproximou-se e viu uma cabana, de onde saía uma voz que rezava. Espiou pela janela e viu um homem idoso ajoelhado. Bateu na porta.

– Entre!

Eduardo entrou e o homem perguntou:

– Quem é você?

– Sou o rei – respondeu o menino.

– Salve, rei! – gritou o velho, contente, e puxou um banquinho para Eduardo sentar. – Um rei que despreza o luxo e a riqueza e se veste com trapos é digno de entrar na minha cabana.

Eduardo ia responder, mas o homem continuou:

– Você pode ficar aqui o tempo que precisar. Você disse que é rei? De onde?

– Rei da Inglaterra.

– Rei da Inglaterra? Então o rei Henrique VIII morreu?

– Infelizmente. Sou seu filho.

O velho olhou para ele com uma expressão estranha. Depois falou:

– Você sabia que seu pai me pôs na rua, sem abrigo, sem casa?

Esperou por uma resposta, mas viu que o menino dormia um sono profundo. Então decidiu se vingar. Pegou um facão. Depois, trouxe uma corda e amarrou Eduardo, para que não pudesse se defender.

O velho estava tão distraído que não percebeu que o menino havia acordado e tremia de medo.

Quando o velho se preparava para matá-lo, bateram à porta.

– Ó de casa! Abra a porta!

O velho escondeu o facão e foi atender à porta.

– Bom dia, senhor. Onde está o meu menino?

– Que menino, amigo? – perguntou.

– Não minta para mim nem tente me enganar. Já encontrei uns vagabundos que contaram que o seguiram até a sua casa.

– Ah! É um menino vestido de trapos! Passou por aqui a noite passada, mas foi embora antes do amanhecer.

– Mas que barulho é esse que estou ouvindo?

Durante a conversa, Eduardo tentava gritar por socorro. Ele havia reconhecido a voz de Miles e tentava chamar a sua atenção.

– Barulho? Que barulho? – perguntou o velho. – Deve ser o vento.

– Talvez seja o vento. Achei que fosse uma voz abafada... Aliás, estou ouvindo de novo. Vamos ver o que é.

– O barulho vem de fora. Venha. Vou lhe mostrar o caminho que o menino pegou.

As vozes se afastaram, e Eduardo ficou desesperado.

Depois de alguns minutos, ouviu a porta se abrir novamente, e na frente dele estavam John Canty e Hugo. Ele ficou até contente em ver os dois malandros.

Eles o desamarraram e levaram para a floresta.

Uma traição

Eduardo voltou a viver com a quadrilha de mendigos. Com exceção de John Canty e Hugo, todos do grupo gostavam dele e achavam-no muito inteligente.

Hugo, que tinha ficado com muita raiva do menino, não perdia nenhuma oportunidade de maltratá-lo. Empurrava-o, pisava em seu pé, até o dia em que Eduardo não aguentou mais, pegou um pedaço de pau e bateu no malandro. Este, muito bravo, pegou outro pedaço de pau e tentou acertar o jovem rei.

Ele não sabia que Eduardo havia aprendido a manejar o bastão e a espada. Para espanto de todos, o menino escapava das tentativas de Hugo e, de vez em quando, acertava-o. No final, abatido, machucado e humilhado, o rapaz desistiu da luta.

Daí em diante, não parou de pensar em uma forma de se vingar do menino. Concluiu que o melhor seria acusá-lo de um crime qualquer e entregá-lo à justiça. Ele sabia que não seria difícil e que, cedo ou tarde, surgiria uma oportunidade.

De fato, depois de alguns dias, quando andava com Eduardo, viu uma mulher carregando um cesto. Disse ao menino que esperasse e correu atrás dela. Sem que ela percebesse, pegou um pacote do cesto e cobriu-o com um cobertor. Ao voltar para junto de Eduardo, jogou o pacote em seus braços. Depois, saiu correndo e desapareceu.

Ao perceber que o cesto tinha ficado leve, a mulher saiu correndo e gritando. Assustado, Eduardo jogou o pacote no chão. O cobertor se abriu e a mulher reconheceu o seu pacote.

De longe, Hugo se deliciava com a cena. Viu a mulher segurar Eduardo pelo braço. O menino tentava se livrar dela, mas a multidão gritava e intimidava o jovem rei.

Um homem ameaçou dar uma surra em Eduardo. Nesse momento, uma espada caiu sobre o braço do homem.

– Solte o menino, mulher. Esse negócio cabe à justiça.

O homem que tinha ameaçado o jovem rei afastou-se. A mulher soltou o garoto. Eduardo correu para o seu protetor com os olhos brilhantes e o rosto vermelho.

– Finalmente você apareceu, *sir* Miles!

O julgamento do príncipe

Miles tentou disfarçar o sorriso e disse ao rei:

– Fale baixo, Majestade, para ninguém ouvir. Tenha confiança em mim. Tudo acabará bem.

Enquanto isso, o oficial de justiça já ia pondo as mãos nos ombros do menino. Miles pediu:

– Espere um pouco. Não precisa segurá-lo. Ele irá sozinho. Vá na frente e nós o seguiremos. Eu me responsabilizo por ele.

Então, o oficial seguiu com a mulher atrás dele e, por último, iam Miles e Eduardo.

Chegando ao tribunal, a mulher jurou que o menino tinha roubado o pacote. Como não havia testemunhas que dissessem o contrário, o rei seria condenado. O pacote foi aberto e, para surpresa de todos, dentro dele havia um leitão bem gordinho. O juiz pensou um pouco e, voltando-se para a mulher, perguntou:

– Qual é o valor do leitão?

– Três *shillings* e oito *pence*, senhor.

– O menino deve ter roubado porque estava com fome – disse o juiz. – Ele não tem cara de quem rouba por maldade. A senhora sabe que, de acordo com a lei, quem rouba qualquer coisa de valor superior a treze *pence* é enforcado?

Eduardo estremeceu e a mulher gritou, horrorizada:

– Não quero que ele seja enforcado. Por favor, senhor, salve-me de ser responsável por isso. Diga o que posso fazer.

– Quanto vale mesmo o leitão? – perguntou o juiz.

Imediatamente, a mulher baixou o preço para oito *pence* e retirou-se, levando o leitão.

O oficial de justiça saiu atrás dela e Miles seguiu-os. Escondido, ele ouviu o oficial obrigar a mulher a vender o leitão por oito *pence*.

– Oito *pence*? – perguntou a mulher, com raiva. – De jeito nenhum. Paguei três *shillings* e oito *pence* por ele.

– Então a senhora mentiu no tribunal. A senhora será julgada por falso testemunho e o menino será enforcado.

– Tome o leitão, senhor – disse ela, chorando.

A mulher afastou-se, cabisbaixa. Miles voltou para a sala do tribunal e o oficial também, depois de esconder o leitão.

O juiz ainda ficou escrevendo por algum tempo. Depois, leu para o jovem rei a sentença que o condenava a um período curto de prisão.

Eduardo quis protestar, mas, a um sinal de Miles, ficou quieto.

Ele pegou a mão do menino e novamente pediu que confiasse nele. Os dois saíram do tribunal seguidos pelo oficial.

Os três caminharam pelas ruas sem que ninguém prestasse atenção neles. Quando iam atravessar a rua do mercado, Miles segurou o oficial de justiça pelo braço e disse:

– Vire de costas um instante, fingindo que não vê nada, e deixe o menino fugir.

– O quê? – perguntou o oficial, espantado. – Acha que pode me fazer uma proposta dessas?

– Sei que posso. Se não fizer o que estou dizendo, vou contar ao juiz como explorou aquela pobre senhora, obrigando-a a vender o leitão por apenas oito *pence*.

– Eu só quis assustar a mulher – respondeu o homem.

– E foi por isso que tomou o leitão dela? – perguntou Miles, bravo. – Podemos perguntar ao juiz se isso é mesmo uma brincadeira.

– Espere um pouco, meu bom homem! – exclamou o oficial de justiça. – O que o senhor quer de mim?

– Quero que o senhor finja ser cego, surdo e mudo, contando até cem mil, bem devagar. Ah! – acrescentou Miles. – Terá de devolver o leitão à mulher.

– Está bem, pode deixar. Direi ao juiz que o senhor conseguiu fugir com o garoto, porque a porta da cadeia está podre.

A mansão dos Hendon

Depois que se afastaram do oficial, os dois combinaram que o menino iria para um lugar seguro perto da cidade e esperaria por Miles. Ele precisava ir até a pensão pagar a conta e pegar as poucas coisas que havia deixado lá.

Meia hora mais tarde, os dois amigos seguiam felizes. O rei agora vestia as roupas que Miles tinha trazido da pensão.

Passaram a noite em uma aldeia e, nos dois dias seguintes, caminharam contando um ao outro suas últimas aventuras.

Por fim, chegaram à região onde ficava a casa do pai de Miles.

– Veja, Majestade – disse Miles apontando ao longe. – Daqui já dá para avistar a mansão do meu pai.

Logo depois, chegaram a um belo jardim todo florido.

– Nossa! Hoje é um grande dia! – exclamou. – Meu pai, meu irmão e *lady* Edith vão ficar loucos de alegria quando souberem que voltei.

Ao chegarem à mansão, entraram e Miles correu em direção ao homem que estava sentado a uma mesa perto da lareira.

– Dê-me um abraço, Hugh. Chame nosso pai, porque estou ansioso para ver seu rosto e dar-lhe um abraço.

Hugh, surpreso, perguntou com voz séria:

– Parece que você está meio louco. Quem pensa que eu sou?

– Você é Hugh Hendon – respondeu Miles.

– Até aí está certo. E quem é você?

– Você está dizendo que não reconhece o seu irmão, Miles Hendon?

– Impossível! Meu irmão está morto – respondeu Hugh. – Seria muito bom para ser verdade! Miles morreu há muitos anos.

Hugh arrastou Miles até a janela e começou a examiná-lo. Em seguida, disse:

– Que Deus me ajude a suportar essa decepção.

– Como assim? Então não sou seu irmão?

– Infelizmente a carta era verdadeira... – respondeu Hugh.

– Que carta? – ele não compreendia a reação do irmão.

– Uma carta que comunicava a morte de Miles.

– É mentira! – gritou. – Chame nosso pai, porque ele vai me reconhecer. Tenho certeza!

– Infelizmente, o meu pai está morto. O seu, eu não sei...

Ao ouvir que o pai havia morrido, Miles não conseguiu controlar a emoção:

– Meu pai está morto? E onde está Arthur, nosso irmão?

Miles, então, soube que Arthur também havia morrido. Sua tristeza aumentou e ele começou a chorar.

– Chame *lady* Edith. Ela certamente me reconhecerá. Chame também os antigos criados.

Antes de sair da sala, Hugh contou que, com exceção de cinco empregados, todos os outros haviam deixado a casa.

Durante todo esse tempo, Miles nem olhou para o rei. Este, assim que Hugh saiu, disse:

– Não fique triste. Há mais gente no mundo que não é reconhecida e chega a ser ridicularizada quando diz quem é.

– Ah, meu rei. Não estou mentindo. Acredite em mim. Nasci e cresci aqui. Sou Miles Hendon.

– Não estou duvidando de você. E você, acredita em mim?

Miles não sabia o que responder. Sentia-se confuso. Nesse momento, Hugh voltou com *lady* Edith e os criados.

Lady Edith entrou olhando para o chão.

Quando Miles a viu, correu até ela, dizendo:

– Edith, minha querida...

Mas Hugh afastou-o com o braço e perguntou:

– Você conhece este rapaz?

Ao ouvir a voz de Miles, Edith se emocionou, mas, diante da pergunta de Hugh, levantou a cabeça e disse:

– Não o conheço.

Virou-se e saiu da sala. Os empregados também disseram não reconhecer Miles.

– Como você vê, nem minha esposa nem os empregados o reconhecem – disse Hugh.

– Sua esposa? – perguntou Miles, surpreso. – Agora eu entendo. Você mesmo escreveu a carta falando da minha morte. Só assim nosso pai permitiria que você se casasse com ela.

Em resposta, Hugh, vermelho de raiva, gritou para os criados:

– Prendam esse homem e não deixem que ele fuja!

– Não se preocupe, Hugh – disse Miles. – Não vou fugir. Sou o dono desta casa e vou ficar aqui.

O aviso de *lady* Edith

Miles e o rei permaneceram no salão, vigiados por um criado. Depois de algum tempo em silêncio, Eduardo disse:

– Estou achando estranho eles não terem dado falta do rei.

– O que você está dizendo? – perguntou Miles.

– Estou dizendo que os oficiais do rei deveriam percorrer o país de norte a sul para encontrar o rei. Afinal, estou sumido.

Miles pensou: "Pobre criança! Não esquece de uma vez por todas essa história de ser rei".

– Eu tive uma ideia – disse Eduardo. – Vou escrever uma carta e você vai entregá-la ao lorde Hertford. Ele reconhecerá a minha letra e mandará me buscar.

– Meu rei – disse Miles –, não seria melhor eu ficar aqui até poder provar que sou o dono desta propriedade?

– Não. Agora, meus interesses são mais importantes. Não se preocupe. Farei com que você recupere a sua propriedade.

Em seguida, pegou papel e uma pena e começou a escrever. Miles olhava para ele com carinho e tristeza.

Lady Edith entrou muito séria e dirigiu-se ao homem:

– Senhor, vim avisá-lo de que meu marido é muito poderoso. O povo daqui vive de acordo com a sua vontade. Acredite, ele vai dizer que o senhor é um impostor ou um louco.

– Eu acredito – disse Miles com tristeza.

Mas *lady* Edith acrescentou:

– Fuja enquanto é tempo.

Nesse momento, alguns soldados entraram, agarraram Miles e levaram-no para a prisão, juntamente com o jovem rei.

Na prisão

Na cela em que Miles e Eduardo foram jogados, havia mais vinte prisioneiros. Os dias iam passando sem que eles conseguissem pensar em uma solução.

Certo dia, Miles recebeu a visita de um senhor bem idoso. Ele levantou a cabeça e na sua frente estava Blake, um antigo empregado da mansão, homem bom e honesto.

Quando o carcereiro os deixou, o velho disse:

– Abençoado seja Deus! Pensei que estivesse morto há anos.

Contou a Miles tudo o que havia acontecido na sua ausência. Falou sobre a carta falsificada escrita por Hugh. Depois, mudou de assunto, e Eduardo começou a interessar-se pela conversa.

– Dizem que o rei está louco – disse o velho. – Mas não comentem isso, porque quem tocar no assunto pode ser enforcado.

– Eu não estou louco – o menino interrompeu.

– Claro que não – retrucou o velho. – Estou falando do rei. Mesmo assim, ele será coroado no dia 20 de fevereiro.

– Mas precisam encontrá-lo antes da coroação! – disse Eduardo em voz baixa.

O velho criado olhou para Miles, que fez sinal para que continuasse contando as novidades.

– O senhor Hugh assistirá à coroação e espera receber o título de *sir*, pois é amigo de lorde Hertford, o Lorde Protetor.

– Que Lorde Protetor? Quem lhe deu esse título? – perguntou o menino, espantado.

– Ele mesmo, com o consentimento do novo rei.

– Mas o rei Henrique VIII está morto. Que rei deu licença?

– Ora – respondeu o velho, já um tanto impaciente. – Sua Majestade Eduardo VI, o rei estimado por todos, por ter abolido várias leis cruéis.

O garoto ficou triste. Será que o garotinho mendigo que tinha ficado em seu lugar havia assumido o posto de rei após a morte de seu pai? Eles eram muito parecidos, mas será que ninguém tinha percebido que o mendigo não tinha modos de rei?

Em Londres

Quando já estava insuportável ficar na prisão, Miles e Eduardo foram soltos. Miles recebeu sua espada e as malas de volta, e ordenaram-lhe que sumisse da região.

Os dois companheiros resolveram ir a Londres.

Miles seguia muito quieto, pensando em seus problemas. Então, teve uma ideia. Blake tinha falado muito sobre a bondade do novo rei. E se ele pedisse ajuda a ele? Mas não adiantava se preocupar. Antes de mais nada, precisavam chegar a Londres.

A viagem transcorreu em paz e, na noite de 19 de fevereiro, na véspera da coroação, Miles e Eduardo chegaram a Londres.

Enquanto o verdadeiro rei andava sujo e maltrapilho, Tom, o falso rei, levava uma vida bem diferente.

Já estava habituado às roupas luxuosas, aos criados, a dar ordens e vê-las obedecidas. Às vezes, ficava muito triste, pois sentia saudades de sua mãe e de suas irmãs, mas não podia imaginar-se de volta àquela vida miserável.

Na véspera da coroação, Eduardo deitou-se num parque para descansar. Estava com fome e sede, sujo e enlameado.

Na manhã seguinte, Tom, vestindo roupas esplendorosas, dirigiu-se à abadia de Westminster. O Lorde Protetor seguia atrás dele.

O povo saudava o rei dando vivas, gritando palavras carinhosas e expressando todo o afeto que sentiam por ele.

Tom olhava a multidão, sentindo-se muito orgulhoso. No meio das pessoas, viu dois amigos que costumavam brincar com ele quando ainda era mendigo. Eles não o reconheceram, porque ele não lembrava em nada o menino pobre e malvestido de antes.

De repente, o olhar de Tom cruzou com o olhar triste de uma mulher muito pálida. Seus olhos estavam pregados nele. Era sua mãe! A mulher abriu passagem por entre as pessoas, aproximou-se do rei, agarrou-se à sua perna e, beijando-a, gritou:

– Meu filho querido! Meu filho adorado!

Um oficial empurrou-a e Tom disse:

– Eu não a conheço.

Ela olhou para Tom, muito magoada, e ele sentiu muita vergonha. O orgulho desapareceu e suas roupas maravilhosas não valiam mais nada.

Lorde Hertford percebeu que o falso rei estava triste e disse:

– Vossa Majestade precisa sorrir. O povo não pode perceber sua tristeza.

Tom sorriu sem alegria. Lorde Hertford voltou a falar:

– Maldita mendiga! Foi ela que acabou com a sua alegria.

O menino olhou para Hertford e respondeu, sem sorrir:

– Era minha mãe!

– Meu Deus! – exclamou o Lorde Protetor. – Logo agora ele enlouqueceu de novo!

A coroação

As pessoas começaram a chegar na véspera à abadia de Westminster. Às quatro horas da madrugada, a igreja já estava lotada e muita gente aguardava de pé o início da cerimônia.

Vários tiros de canhão soaram, anunciando a chegada do rei. Algum tempo depois, Tom Canty entrou com um longo manto dourado. Todos se levantaram e a cerimônia começou.

O arcebispo pegou a coroa e levantou-a para colocá-la na cabeça do falso rei.

Neste momento, um menino sujo e maltrapilho entrou pelo corredor central. Ninguém prestou muita atenção a ele, porque todos olhavam para o menino que seria coroado rei.

Levantando a mão, o mendigo falou:

– Eu sou o verdadeiro rei!

Todos ficaram confusos. Quem era aquele menino atrevido?

Depois de alguns segundos de grande surpresa, lorde St. John gritou:

– Não perturbe Sua Majestade! Guardas! Prendam o vagabundo!

Mas Tom gritou, batendo os pés no chão:

– Que ninguém se atreva a tocá-lo! Ele é o verdadeiro rei!

O público ficou chocado. As coisas estavam ficando ainda mais confusas. Enquanto isso, o menino maltrapilho continuou andando na direção de Tom. Quando chegou perto, o falso rei ajoelhou-se e disse:

– Oh! Permita que eu seja o primeiro a jurar fidelidade a Vossa Majestade. Aqui está a coroa que lhe pertence.

Todos olhavam espantados para os dois meninos. Eles eram idênticos!

Lorde St. John decidiu então examinar o recém-chegado. Fez uma porção de perguntas sobre a corte, sobre o rei morto e as princesas. Eduardo respondia a todas elas sem hesitar e sem errar.

– É incrível! – diziam os presentes.

O lorde teve então uma ideia, e seu rosto se iluminou.

– Preciso fazer uma pergunta que só o verdadeiro rei saberia responder. Onde está o grande sinete?

Todos aprovaram a pergunta, pois sabiam que o grande sinete tinha desaparecido, e Tom insistia em dizer que não sabia do que se tratava.

Os olhares se voltaram para Eduardo, e a surpresa foi geral quando o menino virou-se para lorde St. John e respondeu:

– Vá até o meu gabinete de trabalho no palácio. Você o conhece tão bem quanto eu. Perto da porta da antessala, no canto à esquerda, o senhor verá um botão na parede, um pouco acima do chão. Aperte-o e um pequeno cofre se abrirá. A primeira coisa que vai aparecer é o grande sinete.

Lorde St. John saiu em busca da prova.

Aos poucos, todos foram se voltando para o menino maltrapilho, e Tom foi ficando de lado.

Passado algum tempo, lorde St. John voltou. Todos olhavam para ele. Fez uma reverência para Tom e disse:

– Majestade, não encontrei o sinete naquele cofre.

Na mesma hora, todos se afastaram do menino pobre, enquanto lorde St. John gritava, furioso:

– Atirem este mendigo na rua e façam com que atravesse a cidade debaixo de chicotadas.

Mas Tom se adiantou e ordenou:

– Para trás, todos vocês! Quem tocar nele morrerá.

Lorde Hertford perguntou a lorde St. John:

– O senhor procurou bem?

– Claro que procurei. Não é um objeto pequeno, fácil de perder. É uma argola de ouro maciço.

Ao ouvir isso, Tom interrompeu:

– Esperem! É redondo, grosso e com letras gravadas? Eu sei onde está, mas não fui eu quem o guardou lá.

– E quem o guardou, meu rei? – quis saber lorde Hertford.

– Ele, o verdadeiro rei – respondeu Tom com segurança, apontando para Eduardo. – Ele vai nos dizer onde está o sinete e todos verão que foi ele mesmo que o colocou lá.

Virando-se para Eduardo, Tom disse:

– Tente se lembrar. Foi a última coisa que fez antes de sair do gabinete para castigar o soldado que havia me maltratado.

– Eu me lembro de toda a cena, mas não consigo me lembrar do lugar onde guardei o sinete.

Eduardo estava aborrecido. Tom não se conformava.

– Que bobagem é essa, meu rei? – Tom gritou. – Pense um pouco! Nós estávamos conversando, lembra-se? Vossa Majestade mandou trazer comida para mim e ordenou aos criados que nos deixassem a sós. Lembra-se?

Aos poucos, Eduardo ia se lembrando, enquanto os presentes tentavam entender como os dois meninos poderiam ter-se encontrado dentro do palácio.

Tom continuou:

– Lembra-se de que trocamos nossas roupas e percebemos o quanto éramos parecidos? Depois, Vossa Majestade saiu correndo para castigar o soldado que me feriu. Quando passou pela mesa, viu o sinete e procurou um lugar para guardá-lo. Está se lembrando?

– Já sei! Depressa, lorde Hertford! Em uma das luvas da armadura de ferro, que está pendurada na parede! Lá está o sinete.

– Isso mesmo! – gritou Tom. – Depressa, vá correndo buscá-lo.

Lorde Hertford voltou acenando com o grande sinete. Ouviram-se muitos gritos:

– Viva o verdadeiro rei!

O Lorde Protetor, apontando para Tom, gritou:

– Prendam este vagabundo!

Mas o verdadeiro rei logo ordenou:

– Ninguém tocará nele! Graças a ele, recuperei a coroa.

Virando-se para Tom, o rei disse:

– Oh, meu pobre amigo, como você se lembrava de onde estava o sinete, se nem eu conseguia lembrar?

– Eu o usava todos os dias, meu rei.

– Para quê?

– Para quebrar nozes...

Todos riram, e Tom ficou sem jeito.

Em seguida, a cerimônia da coroação continuou.

Eduardo, rei da Inglaterra

Durante a cerimômia de coroação, Miles Hendon estava andando por Londres, pensando em seus problemas.

Como o menino tinha fugido, imaginou que tivesse se abrigado na sua casa pobre e suja.

Na manhã seguinte, Miles dirigiu-se ao palácio. Lembrou-se de um amigo de seu pai que trabalhava lá e pensava em um jeito de entrar. Ninguém acreditaria que era um nobre.

Enquanto pensava em um meio de conseguir entrar, Humphrey Marlow, o menino do chicote, passou. Observou o homem que rondava o palácio e pensou: "Deve ser o homem com quem o rei está tão preocupado. Vou falar com ele."

Miles, percebendo que o menino o observava, dirigiu-se a ele:

– Você trabalha no palácio?

– Sim, senhor – respondeu o menino.

– Conhece *sir* Humphrey Marlow?

O menino estremeceu. *Sir* Humphrey era seu pai, já falecido. Fez que sim com a cabeça.

– Posso lhe pedir um favor? Diga-lhe que preciso falar com ele. Sou Miles Hendon, filho de *sir* Richard.

– Levarei o recado com prazer, senhor.

Miles ficou esperando. Passado algum tempo, um soldado pediu-lhe que o seguisse. Atravessaram o pátio do palácio, e um outro soldado o acompanhou até a sala do trono.

Ao chegar lá, Miles viu o rei sentado no trono. Ele estava conversando com um dos nobres que o rodeavam. De repente, o rei virou a cabeça e Miles Hendon quase perdeu a respiração. Não acreditava que aquele menino fosse o rei.

Então, ele teve uma ideia. Pegou uma cadeira e foi sentar-se perto do rei.

Imediatamente, ouviram-se vozes indignadas. Alguém colocou a mão sobre seu ombro e gritou:

– Como ousa sentar-se na presença do rei? Levante-se!

Isso chamou a atenção do rei, que se virou para ver o que estava acontecendo. Estendeu a mão e ordenou:

– Não toquem nele! Ele tem o direito de sentar-se na minha presença.

Todos olharam espantados, e o rei continuou:

– Este homem é meu fiel e muito amado servidor Miles Hendon. Ele me salvou de muitas situações perigosas. Por isso, a partir de hoje ele é *sir* Miles Hendon. Pelos serviços prestados, eu lhe concedo o título de conde de Kent e todas as propriedades reservadas ao título. Além disso, ele e todos os seus descendentes terão o direito de sentar-se na presença do rei da Inglaterra.

Duas pessoas haviam entrado na sala do trono naquele momento. Eram o irmão de Miles, Hugh, e sua esposa, Edith.

Miles não notou que eles tinham chegado. Ajoelhou-se e jurou fidelidade ao rei.

Depois, foi a vez de Tom entrar na sala do trono e ajoelhar-se perante o rei.

– Você governou com sabedoria e bondade – disse Eduardo. – Tal como aconteceu comigo, acharam que você estava louco quando dizia que não era o príncipe. Já encontrou sua mãe e suas irmãs? Você e elas terão para sempre a proteção do rei.

O silêncio era profundo e o rei continuou:

– Tom Canty vestirá sempre essas roupas suntuosas. Quero que o povo se lembre sempre de que ele foi rei por algum tempo, e deve ser tratado com todo o respeito.

Tom levantou-se, beijou a mão de Eduardo e correu para casa para contar as novidades para sua mãe.

Justiça e recompensa

Por fim, a justiça triunfou na Inglaterra.

Hugh Hendon confessou que tinha obrigado a esposa a dizer que não conhecia Miles. Ameaçou-a de morte, caso não fizesse o que ele mandava. Após a confissão, o casamento foi anulado e ele foi viver em outro país da Europa, onde faleceu tempos depois.

Miles casou-se com *lady* Edith e voltou para a mansão dos Hendon, onde foi recebido com festa por todos.

Ninguém mais teve notícias de John Canty.

Tom Canty e Miles Hendon foram para sempre os favoritos do rei.

Tom foi respeitado durante toda a sua vida. O rei Eduardo VI manteve-se no trono e, durante todo o seu reinado, nenhuma crueldade foi cometida.

Quem foi Mark Twain?

Mark Twain nasceu no estado do Missouri, no Sul dos Estados Unidos, em 1835. Passou a infância em Hannibal, às margens do rio Mississípi, sonhando que um dia seria barqueiro.

Depois da morte do pai, em 1847, quando tinha doze anos, foi aprendiz de tipógrafo, mas logo começou a colaborar como redator no jornal da cidade onde morava, o qual seu irmão havia acabado de comprar. Portanto, sua carreira de escritor começou muito cedo.

Depois de casado, Mark mudou-se para Hartford, no estado de Connecticut, no Nordeste dos Estados Unidos. Em 1871, ele abandonou o jornalismo e passou a devotar todo o seu tempo a escrever romances, como *As aventuras de Tom Sawyer* (1876) e *As aventuras de Huckleberry Finn* (1885).

De 1878 a 1879, Mark Twain morou na Europa. O velho continente inspirou-o a escrever o seu primeiro romance histórico, *O príncipe e o mendigo*. Esta história foi publicada em 1882.

Mark Twain morreu em 1910, em Connecticut, nos Estados Unidos.

Quem é Guila Azevedo?

Guila é pedagoga e sempre se interessou por crianças e adolescentes com dificuldades de aprendizagem. Trabalhando com eles, começou a aprofundar seu conhecimento sobre as suas fases de desenvolvimento, tão ricas e instigantes.

Depois de vários anos de trabalho, publicou os livros *Adolescência*, da série Ponto de Apoio, e *Grávida aos 14 anos?*, da série Diálogo, ambos da Scipione. Para a série Reencontro Literatura, adaptou *A escrava Isaura*, de Bernardo Guimarães.

Guila é mãe de três filhos já adultos, e contar histórias e casos é algo que sempre lhe deu – e continua dando – muito prazer.

O príncipe e o mendigo

Mark Twain

adaptação de Guila Azevedo
ilustrações de Rogério Coelho

No mesmo dia, nascem em Londres dois meninos em lares muito diferentes: o príncipe Eduardo e o mendigo Tom. Quando se conhecem, percebem que são muito parecidos um com o outro e, sem querer, trocam de lugar. A partir de então, Eduardo e Tom vivem grandes aventuras.

Reconstruindo a história

1 Durante todo o tempo em que perambulou pelas ruas de Londres e arredores tentando provar que era o Príncipe de Gales, Eduardo passou por vários lugares e conheceu muitas pessoas. As cenas abaixo ilustram alguns desses acontecimentos. Numere as figuras, indicando a sequência correta da história.

A mãe de Tom desconfia que Eduardo não é o seu filho.

Eduardo é chamado de Fou-Fou I pelos mendigos.

Eduardo interrompe a coroação de Tom, na abadia de Westminster.

Eduardo encontra John Canty, o pai de Tom.

Eduardo entra na casa de um velho, que tenta matá-lo.

Eduardo é salvo por Miles Hendon.

Agora, coloque na sequência correta alguns dos acontecimentos vividos pelo menino Tom Canty.

Tom, a caminho da abadia de Westminster, reconhece a sua mãe na multidão.

Lady Jane Grey deixa Tom sozinho, pensando que ele é Eduardo e que enlouqueceu.

Tom conversa com Humphrey Marlow, o menino do chicote.

Tom recebe a notícia de que o rei Henrique VIII morreu.

Henrique VIII faz a Tom algumas perguntas em latim.

3 Agora, responda as perguntas para relembrar episódios importantes da história de Eduardo e de Tom.

a) Por que o rei Henrique VIII acreditou que Tom Canty era seu filho Eduardo?

____

____

____

____

____

b) Quem matou o padre André? Por quê?

____

____

____

____

____

c) De que forma Eduardo, já coroado rei da Inglaterra, ajudou Miles Hendon?

____

____

____

____

Os personagens

1 Os dois meninos desenhados a seguir são Eduardo e Tom. Mas eles são idênticos! Diferencie-os, vestindo Eduardo com as roupas de um príncipe e Tom com roupas de mendigo.

2 De qual personagem você mais gostou? E de qual você gostou menos? Explique o porquê das duas respostas.

____

____

____

____

____

____

3 Leia as descrições a seguir e diga a quais personagens elas correspondem.

a) Príncipe de Gales; após a morte do pai, tornou-se rei da Inglaterra.

____

b) Filha do rei Henrique VIII, conviveu com Eduardo e Tom no palácio real.

____

c) Pai de Eduardo e rei da Inglaterra.

____

d) Irmão mais novo de Miles Hendon, era mesquinho e traiçoeiro.

____

e) Mendigo que, por não gostar de Eduardo, tentou incriminar o príncipe por um roubo que ele não cometeu.

____

f) Menino que era castigado toda vez que Eduardo cometia alguma falta grave.

____

g) Pai de Tom, homem violento que batia nos filhos e na mulher.

____

h) Prima de Miles Hendon, a quem ele amava e com quem se casou no final da história.

____

i) Prima de Eduardo, a primeira pessoa do palácio real a perceber que havia algo de errado com o príncipe.

____

j) Tio de Eduardo, figura poderosa no palácio real.

____

l) Ajudou Eduardo quando ele estava nas ruas e foi condecorado conde de Kent.

____

m) Gêmeas de quinze anos de idade, irmãs de Tom.

____

n) Ensinou Tom a ler e a falar algumas frases em latim.

____

o) Mendigo que sonhava conhecer um príncipe de verdade e, quando isso aconteceu, trocou de identidade com ele sem querer.

____

O tempo e o espaço

1 Observe o mapa abaixo e pinte a Inglaterra de vermelho e o Brasil de verde. Depois, escreva o nome das capitais desses países.

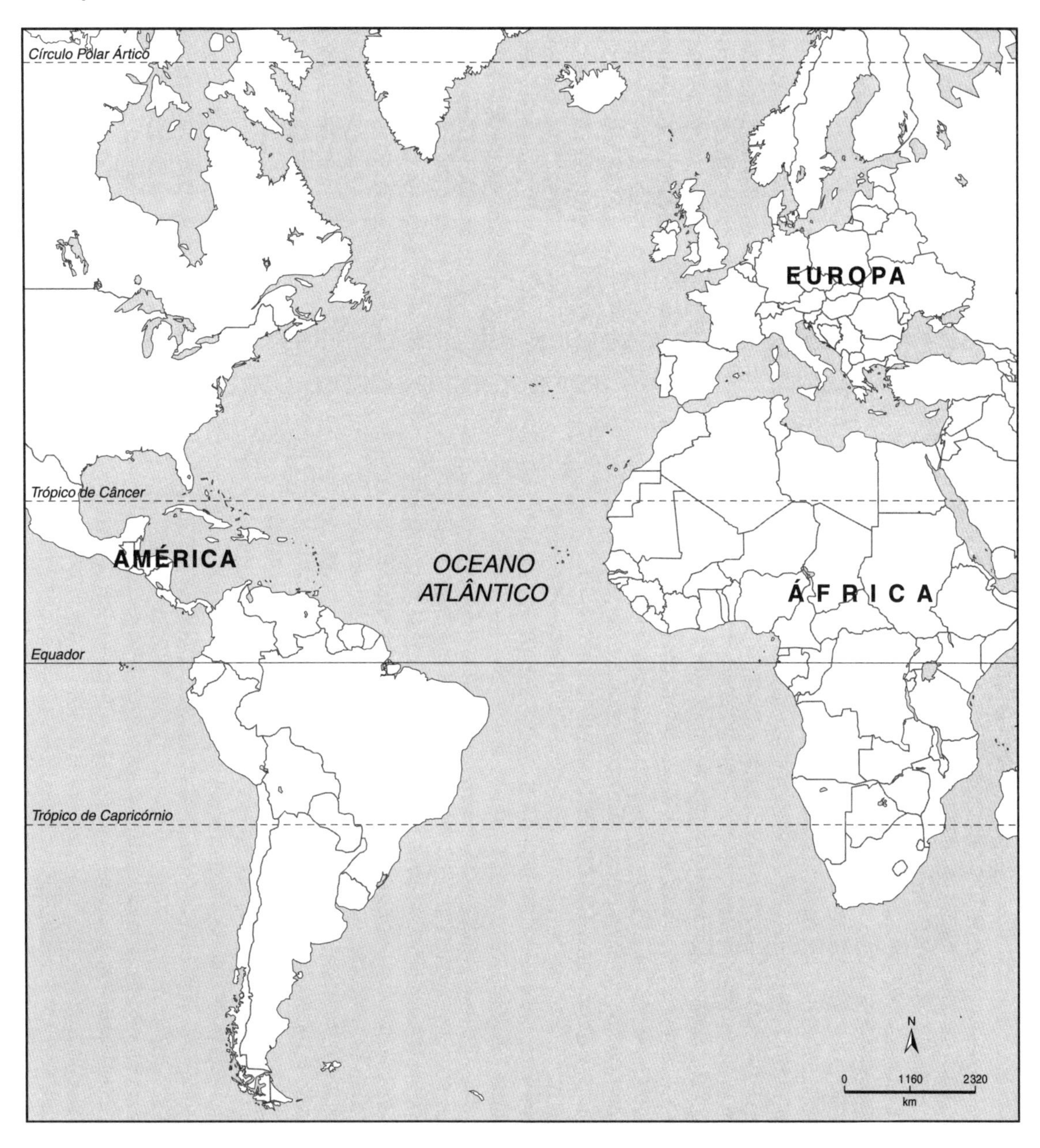

2 No Brasil, a população não é representada por um rei, mas por um presidente. Os dois são chefes de Estado, mas chegam ao poder de maneiras bem diferentes. Você sabe o que é necessário para que alguém se torne rei ou rainha? E presidente?

____

____

____

____

____

Você é capaz de identificar alguns dos lugares onde a história se passou? Numere as figuras de acordo com os nomes.

1. Palácio real
2. Offal Court
3. Abadia de Westminster
4. Ponte de Londres

Você sabia que Mark Twain se inspirou na corte de Henrique VIII para escrever *O príncipe e o mendigo*? Pois é, esse rei se casou seis vezes e teve muitos filhos. Mas, quando morreu, apenas três estavam vivos: Maria, Elizabeth e Eduardo.
As figuras a seguir mostram oito nomes da história da Inglaterra. Quatro delas aparecem como personagens de ficção em *O príncipe e o mendigo* (e foram monarcas na vida real). Circule-as com uma caneta colorida.

Princesa Diana

Rei Eduardo VI

Rainha Elizabeth I

Rei Henrique VIII

Lady Jane Grey

Rainha Maria I

Rainha Maria Stuart

Rainha Vitória

Refletindo

1. Alguém já duvidou de algo que você disse? O que você fez para convencer essa pessoa de que era verdade? Deu certo?

2. Tom e Eduardo se sentiram muito sozinhos após trocar de papéis. Eles passaram a frequentar ambientes que não conheciam e a conviver com pessoas estranhas. Você já viveu alguma situação parecida? Como se sentiu?

3 "Então, Tom disse em voz clara: – De hoje em diante, a lei real será a lei da misericórdia, e nunca mais a lei do sangue!" Na época em que se passa a história (século XVI), a vontade do rei era lei. Se você fosse monarca do Brasil atual e pudesse decretar leis para melhorar a vida do povo, quais seriam suas três primeiras providências? Por quê?

____

____

____

____

____

____

____

____

____

____

4 Por que Eduardo se identificou com Miles Hendon?

____

____

____

____

____

5 Tom e Miles foram recompensados pela honestidade e lealdade. Nos dias de hoje, que qualidades você julga importantes para que uma pessoa seja recompensada? Explique.

____

____

____

____

____

____

6 Enquanto morava no palácio real, o príncipe Eduardo vivia entediado. Tom, apesar da vida difícil que levava em Offal Court, não era uma criança infeliz. Desenhe, no espaço a seguir, Tom realizando a atividade que mais o deixava feliz. Se preferir, você pode fazer uma colagem.

7 Os meninos Tom e Eduardo viveram situações muito desagradáveis. Tom, mesmo experimentando o conforto de uma vida de príncipe, não se sentia à vontade no palácio real. Eduardo, ao assumir a identidade de um mendigo, foi tratado com indiferença e hostilidade.

a) Na sua opinião, o dinheiro é suficiente para garantir a felicidade de alguém? Por quê?

____

____

____

____

____

____

____

b) Você acha que as pessoas merecem ser tratadas de acordo com a sua condição social?

____

____

____

____

____

____

Refazendo a história

O que poderia acontecer caso Tom e Eduardo não conseguissem voltar aos seus verdadeiros papéis? Pensando nessa possibilidade, redija um novo final para *O príncipe e o mendigo*.